# ΚΟΛΑΣΗ

## ΜΙΑ ΣΥΛΛΟΓΗ ΈΡΓΩΝ
## ΤΕΧΝΗΣ 72 ΚΟΜΜΑΤΙΩΝ

DI
# DINO DI DURANTE

# Κόλαση
## Καλλιτεχνική συλλογή

από τον
## Dino Di Durante

Πρώτη Έκδοση
10 9 8 7 6 5 4 3 2 1


Αμερικανική βιβλιοθήκη του Κογκρέσου
VAu 1-189-270
ISBN-10: 1-62879-019-9
ISBN-13: 978-1-62879-019-1

Για αγορές των Βιβλίων χονδρικώς παρακαλούμε
απευθυνθείτε στο:

Gotimna Publications, LLC
www.GotimnaPublications.com


Για Καλλιτεχνικές αγορές παρακαλούμε
απευθυνθείτε στο:

Epic Art Collections, LLC
www.EpicArtCollections.com

Αφιερώνω αυτήν την εργασία στον
Dante Alighieri,
το δάσκαλο της ζωής μου

και

στην αγαπημένη μου Lucia,
το "Φως" της ζωής μου,
την οποία απαθανάτισα στην
εικόνα της Beatrice

# ΤΕΛΙΚΗ ΑΠΟΦΑΣΗ

# Εισαγωγή

Ο Dante Alighieri έγραψε το αριστούργημά του, Η Θεία Κωμωδία, μεταξύ των ετών 1302 και 1321. Από τότε, πολλοί καλλιτέχνες προσπάθησαν να το ερμηνεύσουν οπτικά μέσα από σκίτσα και πίνακες τους τελευταίους επτά αιώνες· μεταξύ αυτών Sandro Botticelli, Giovanni Stradano, William Blake, Gustave Dore και ο καταπληκτικός Salvador Dali για να ονομάσουμε κάποιους. Ο Gustave Dore έφτιαξε το πιο διάσημο έργο το οποίο δημοσιεύθηκε για πρώτη φορά το 1861 και έναν αιώνα μετά ο Salvador Dali έδωσε τη δική του ερμηνεία στην αφηρημένη ζωγραφική. Ωστόσο, σύμφωνα με τους Ιταλούς Δαντολόγους, μόνο ένας καλλιτέχνης, ο Sandro Botticelli, το ερμήνευσε σωστά γύρω στα 1480. Τώρα, ένας μοντέρνος καλλιτέχνης έχει δεχτεί την πρόκληση ξανά...

Ο Dino Di Durante, ένας καλλιτέχνης ιδεών, ανέλαβε το καθήκον να ζωντανέψει την Κόλαση του Δάντη σε καμβά. Ο κύριος σκοπός του δεν ήταν μόνο μια ακριβής ερμηνεία του αριστουργήματος της Κόλασης του Dante Alighieri, αλλά επίσης και μια προσπάθεια να επηρεάσει και να εκπαιδεύσει όσους δεν είναι εξοικειωμένοι με τη Θεία Κωμωδία. Η τέχνη που εμφανίζεται εδώ δεν είναι το μαύρο και το άσπρο των λιθογραφιών του Dore, ούτε η αφηρημένη ζωγραφική του Salvador Dali που έγινε πολύ αργότερα. Αντ' αυτού, ο Di Durante προσφέρει ένα πλούσιο σύνολο από πολύχρωμα και προσεκτικά δημιουργημένα έργα ζωγραφικής που δεν έχουμε ξαναδεί. Η βαθιά ερμηνεία του της Κόλασης ξεπερνά τις ερμηνείες όλων των άλλων που έχουν προσπαθήσει να απεικονίσουν ό,τι απεικόνισε ο Dante Alighieri με λέξεις επτά αιώνες πριν.

Το εικαστικό ταξίδι του Dino Di Durante της Κόλασης του Δάντη που ξεκίνησε το 2007, με την ιδέα μιας εικονογραφημένης νουβέλας, η οποία αμέσως μετά επεκτάθηκε σε αυτό το βιβλίο με εικονογραφήσεις που ολοκληρώθηκε το 2014. Ο λόγος για την μακρά και επίπονη εργασία είναι ότι ο Di Durante είναι ένας οραματιστής καλλιτέχνης και καλλιτεχνικός διευθυντής που απαιτεί αφοσίωση, στιλ και προσοχή στη λεπτομέρεια. Ένα τμήμα της εκτεταμένης καλλιτεχνικής συλλογής του χρησιμοποιήθηκε σε μια ταινία κινουμένων σχεδίων που παρήχθη ταυτόχρονα στα Αγγλικά και στην πρωταρχική γλώσσα, τα Ιταλικά, με τον τίτλο «Dante's Hell Animated» και «Inferno Dantesco Animato» αντίστοιχα. Η πλήρης συλλογή των 72 κομματιών μοναδικής τέχνης χρησιμοποιήθηκε στην ταινία "Inferno by Dante" η οποία παρουσιάζει πάνω από 30 προσωπικότητες, καθηγητές και Δαντολόγους (Dantisti) από τις Ηνωμένες Πολιτείες, Ιταλία και το Βατικανό. Οι εμπνευσμένες απεικονίσεις του Di Durante και οι αναπαραστάσεις του επικού ποιήματος του Δάντη ζωντανεύουν σε αυτές τις ταινίες. Τα ταξίδια του θεατή με τον Δάντη και τον Βιργίλιο μέσα από τις διάφορες βαθμίδες της Κόλασης παρουσιάζονται με μια καταπληκτική άποψη των ειρωνικών περιγραφών του Δάντη με λεπτομέρειες για την τιμωρία των αμαρτωλών. Προχωρώντας με τους χαρακτήρες των κινουμένων σχεδίων μπορούμε να γίνουμε ένας θεατής στο σκοτεινό ταξίδι μέσα στον κόσμο των αιώνια κολασμένων. Τώρα όλη η εμπνευσμένη τέχνη του Di Durante που απεικονίζεται στις ταινίες που αναφέρονται παραπάνω βρίσκεται σε αυτό το βιβλίο.

Ο Dino Di Durante έχει θέσει όλες τις προσπάθειές του στο εκπληκτικό εγχείρημα να φέρει στη ζωή το πρώτο μέρος του αριστουργήματος του Δάντη Θεία Κωμωδία σε όλες τις πιθανές μορφές. Από τις διάφορες εκδόσεις της ταινίας που έχει κάνει, μέχρι το βιβλίο που κρατάτε στα χέρια σας, κανείς δεν μπορεί να αρνηθεί ότι αυτό είναι ένα έργο αγάπης.

Γυρίστε τη σελίδα και Απολαύστε!

Armand Mastroianni
Σκηνοθέτης / Παραγωγός

# Dino Di Durante

# Πρόλογος

Ήμουν έξι όταν άρχισα να ζωγραφίζω με νερομπογιές αλλά πολύ γρήγορα άλλαξα σε τέμπερα επειδή μου άρεσε ο έλεγχος που παρέχει αυτό το είδος του χρώματος. Ζωγράφισα χαρακτήρες του Disney σε ξύλο επειδή μπορούσα να το βρω δωρεάν. Μετά από μερικά χρόνια, σταμάτησα να ζωγραφίζω και ασχολήθηκα με τη μουσική, τη φωτογραφία και ούτω καθεξής. Μετά το κολέγιο πήρα το πινέλο και πάλι, αυτή τη φορά χρησιμοποιώντας ακρυλικά χρώματα σε καμβά, και άλλαξα σε ελεύθερο στιλ ζωγραφικής, που είναι επίσης γνωστό και ως αφηρημένη ζωγραφική.

Η Θεία Κωμωδία ήταν ένα βιβλίο για το οποίο η οικογένειά μου μιλούσε συχνά και συζητούσε γι' αυτό. Περίμενα μέχρι να βρω την ευκαιρία να το «μελετήσω» στο Κολέγιο, όταν ήμουν στο Πανεπιστήμιο της Καλιφόρνια, στο Λος Άντζελες ως φοιτητής της μηχανολογίας. Κατέληξα με ειδίκευση στην επιστήμη, αλλά και με ένα μικρότερο βαθμό στην Ιταλική Φιλολογία. Ωστόσο, όταν έφτασα για πρώτη φορά στο UCLA, δεν παρακολούθησα μαθήματα μηχανικής, αντίθετα πήγα κατευθείαν να εκπληρώσω τις γενικές απαιτήσεις για να εγγραφώ στη μελέτη της Θείας Κωμωδίας, και αργότερα σε όλα τα έργα του Dante Alighieri. Αυτή ήταν η πιο ευχάριστη εμπειρία στο Κολέγιο. Η Θεία Κωμωδία άλλαξε τη ζωή μου με πολλούς τρόπους. Με είχε συνεπάρει εντελώς η μεταθανάτια ζωή από το χέρι του Δάντη. Ωστόσο, δυσκολεύτηκα πολύ να οπτικοποιήσω την ιστορία και όταν χρησιμοποίησα τις εικόνες του Gustave Dore για να συνοδεύσουν την ανάγνωσή μου, αντιμετώπιζα σύγχυση κατά περιόδους. Δεν μπορούσα να βρω τίποτα άλλο στη βιβλιοθήκη τότε αφού το Διαδίκτυο δεν υπήρχε. Έτσι, πολλά χρόνια αργότερα ξεκίνησα τη δημιουργία μιας σειράς γραφικών περιοδικών σχετικά με την Κόλαση του Δάντη. Κατά τη διάρκεια αυτής της διαδικασίας, είχα την ευκαιρία να δουλέψω σε μια ταινία βασισμένη στο ίδιο θέμα, με τίτλο Η Κόλαση του Δάντη. Μετά από κάποια έρευνα που έκανα, συνειδητοποίησα ότι δεν υπήρχε αρκετή οπτικοποιημένη τέχνη η οποία να διατίθεται δημόσια για να φτιάξω την ταινία σωστά. Οπότε, αποφάσισα να αλλάξω πορεία, σταμάτησα τη σειρά των περιοδικών και ξεκίνησα ένα νέο ταξίδι στην Κόλαση, κύκλο με κύκλο από την αρχή (Το Σκοτεινό Δάσος) μέχρι το τέλος (Τα αστέρια του Καθαρτηρίου).

Ο Sandro Botticelli, ο οποίος ερμήνευσε την Θεία Κωμωδία σχεδόν τέλεια κάπου στα 1480, έγινε ο οδηγός μου με το ζόρι, αφότου ο Δαντολόγος Riccardo Pratesi έκανε αρκετές παρατηρήσεις σχετικά με την ανακρίβεια της δουλειάς μου. Με έκανε να καταλάβω ότι είχα κάνει πολλά λάθη, τα οποία έπρεπε να διορθωθούν, αν ήθελα να προσφέρω μια σοβαρή ερμηνεία της Κόλασης του Δάντη σε έντυπο και ταινία. Έτσι, όταν ο Riccardo μου προσέφερε τις δωρεάν υπηρεσίες του ως σύμβουλος, άδραξα την ευκαιρία να καθοδηγηθώ από κάποιον που αγαπά τον Δάντη όσο και εγώ. Πριν ο Riccardo γίνει μέρος της ομάδας μου, δούλευα ήδη με τον Avetik Balaian, ο οποίος με βοήθησε να σχεδιάσω τις σκηνές, όπως επίσης και να κάνω τις διορθώσεις που ήταν απαραίτητες για να φέρω στον κόσμο μια συλλογή πινάκων ζωγραφικής που ποτέ δεν είχε ξαναδεί κανείς. Όλες οι λεπτομέρειες, τα πλούσια χρώματα και οι ακριβείς αναπαραστάσεις επιτεύχθηκαν χάρη και στους δύο, τον Riccardo και τον Avetik, όπως επίσης και στα σκίτσα και στους πίνακες ζωγραφικής του Sandro Botticelli

## Dino Di Durante

# ΕΥΧΑΡΙΣΤΙΕΣ

Υπάρχουν τόσοι πολλοί που πρέπει να ευχαριστήσω, που μπορεί αυτή η σελίδα να μην είναι αρκετή, όχι μόνο σε μέγεθος, αλλά και σε λέξεις.

Πρέπει πρώτα να ευχαριστήσω το Θεό που μου έδωσε την καταπληκτική αποστολή να μοιραστώ τη Θεία Κωμωδία με τον υπόλοιπο κόσμο.

Τον Dante Alighieri, ο οποίος με αφύπνισε και μου έδειξε τον πραγματικό κόσμο και το δρόμο για να ανακαλύψω τον εαυτό μου και να ανακαλύψω την αποστολή μου.

Την πολυαγαπημένη μου Λουκία, στην οποία όχι μόνο αφιερώνω ολόκληρη τη δουλειά μου, αλλά ευχαριστώ επίσης για την άνευ όρων αγάπη της, την υποστήριξή της και τη διαφώτιση που μου έδωσε στη ζωή της.

Την μητέρα μου για την άνευ όρων αγάπη και υποστήριξή της από τότε που άρχισα να ζωγραφίζω, στην ηλικία των 6 ετών.

Τον Carlos, ο οποίος άνοιξε αρχικά το δρόμο σε αυτό που θα μπορούσε να ολοκληρώσει την αποστολή μου στη ζωή.

Τον Riccardo Pratesi, ιδιαίτερα, χωρίς τον οποίο αυτή η οπτική ερμηνεία της Κόλασης του Δάντη θα ήταν ανακριβής.

Τον φίλο μου και Σκηνοθέτη Armand Mastroianni, ο οποίος όχι μόνο μου έγραψε τον πρόλογο για το βιβλίο αυτό, αλλά επίσης ήταν πάντα εκεί για να μου προσφέρει την κριτική του.

Τον Καθηγητή Massimo Ciavolella, ο οποίος ήταν από τους πρώτους υποστηρικτές της δουλειάς μου, και που κράτησε ανοικτές τις πόρτες του Ιταλικού Τμήματος του UCLA (Πανεπιστήμιο της Καλιφόρνια, Λος Άντζελες). Επίσης, για την παρουσίαση τμήματος της δουλειάς μου στο Πανεπιστήμιο της Ρώμης "La Sapienza" στην Ρώμη, Ιταλία.

Τον Pablo Atchugarry για την πίστη του στη δουλειά μου, και που άνοιξε τις πόρτες στο υψηλού κύρους Ιδρύματός του στο εύπορο καλοκαιρινό θέρετρο της Punta del Este - Ουρουγουάη, για να παρουσιάσω 50 κομμάτια από τη συλλογή μου της Κόλασης του Δάντη στις αρχές του 2011.

Τον αγαπημένο μου φίλο Jeff Conaway, ο οποίος ήταν από τους πρώτους θαυμαστές και με ενθάρρυνε να συνεχίσω, παρά την μακρά και επίπονη εργασία.

Όλους τους επαγγελματίες που ενέκριναν αυτό το βιβλίο, και έθεσαν τον εαυτό τους στη διάθεση εκείνων που ήθελαν να μάθουν περισσότερα για αυτό το έργο μου.

Τέλος, εξίσου σημαντικό, θα ήθελα να ευχαριστήσω όχι μόνο όλους τους συνεργάτες μου, αλλά και τον καθένα ξεχωριστά που έχει γίνει μέρος του ταξιδιού μου.


Dino Di Durante

# ΕΙΣΑΓΩΓΗ

Η συλλογή έργων τέχνης από την Κόλαση του Δάντη έκανε πρεμιέρα στο Ίδρυμα Pablo Atchugarry ως ένα έργο σε εξέλιξη στο καλοκαιρινό θέρετρο της Punta del Este - Ουρουγουάη, από τις 12 Ιανουαρίου έως τις 28 Φεβρουαρίου, 2011. Εκείνη την εποχή, η συλλογή δεν είχε τελειώσει και μόνο 50 κομμάτια είχαν εκτεθεί.

Λίγα χρόνια αργότερα, είχα την ευκαιρία να παρουσιάσωμία σχεδόν ολοκληρωμένη συλλογή στο Comic Con του Σαν Ντιέγκο, Καλιφόρνια. Η συνολική συλλογή των 72 έργων τέχνης από την Κόλαση του Δάντη μου πήρε πάνω από 7 χρόνια για να ολοκληρωθεί, ξεκινώντας από τις αρχές του 2007 μέχρι τα τέλη του 2014. Κάθε εικόνα έχει πάνω από 50 εκδόσεις, μερικές έχουν πάνω από 100 εκδόσεις, αλλά μόνο έναν τελικό πίνακα.

Ο κάθε πίνακας που είναι τυπωμένος στο βιβλίο αυτό συνοδεύεται από μια σύντομη περιγραφή στο κάτω μέρος ώστε να μπορείτε να παρακολουθήσετε την ιστορία πιο εύκολα. Επίσης, οι Κωδικοί QR οι οποίοι είναι εκτυπωμένοι κάτω από κάθε πίνακα, μπορούν να σαρωθούν με ένα smart phone ή τάμπλετ και προσφέρουν περισσότερα οφέλη στην κατανόηση αυτής της περίπλοκης ιστορίας. Όταν σαρώσετε τον κίτρινο Κώδικα QR, θα μπορέσετε να διαβάσετε το κείμενο του εν λόγω αποσπάσματος στη δωρεάν έκδοση του ηλεκτρονικού βιβλίο μου της κόλασης. Όταν σαρώσετε τον ασημί Κώδικα QR, θα σας δώσει την επιλογή να αγοράσετε το συγκεκριμένο πίνακα σε διάφορα μεγέθη και μέσα.

Έχω δουλέψει πολύ σκληρά για να το κάνω εύκολο για εσάς να κατανοήσετε αυτήν την διαφωτιστική και εξαιρετικά πολύπλοκη ιστορία. Για να επιτευχθεί αυτό το έργο, τοποθέτησα τον εαυτό μου στην Κόλαση σαν να είχα μια άποψη 360 μοιρών την οποία οπτικοποίησα για εσάς σε αυτήν την συλλογή έργων τέχνης που πρόκειται να δείτε. Τώρα θα έχετε την ευκαιρία να με κρίνετε και να με ενημερώσετε εάν έχω καταφέρει αυτό το στόχο.

Ο Dante Alighieri έγραψε αυτό το λογοτεχνικό αριστούργημά του, τη Θεία Κωμωδία, για να μάθουμε για τη δική μας ζωή – παρελθόν, παρόν και μέλλον. Καθώς πλησιάζω στο τέλος αυτής της μακράς και διαφωτιστικής εμπειρίας ελπίζω το έργο μου να δικαιώσει το Δάντη και να μεταφέρει οπτικά το μήνυμά του σε εσάς, ώστε να καταφέρετε να βρείτε το δικό σας σκοπό στη ζωή σας.

Ο Θεός Να Σας Ευλογεί!


Dino Di Durante

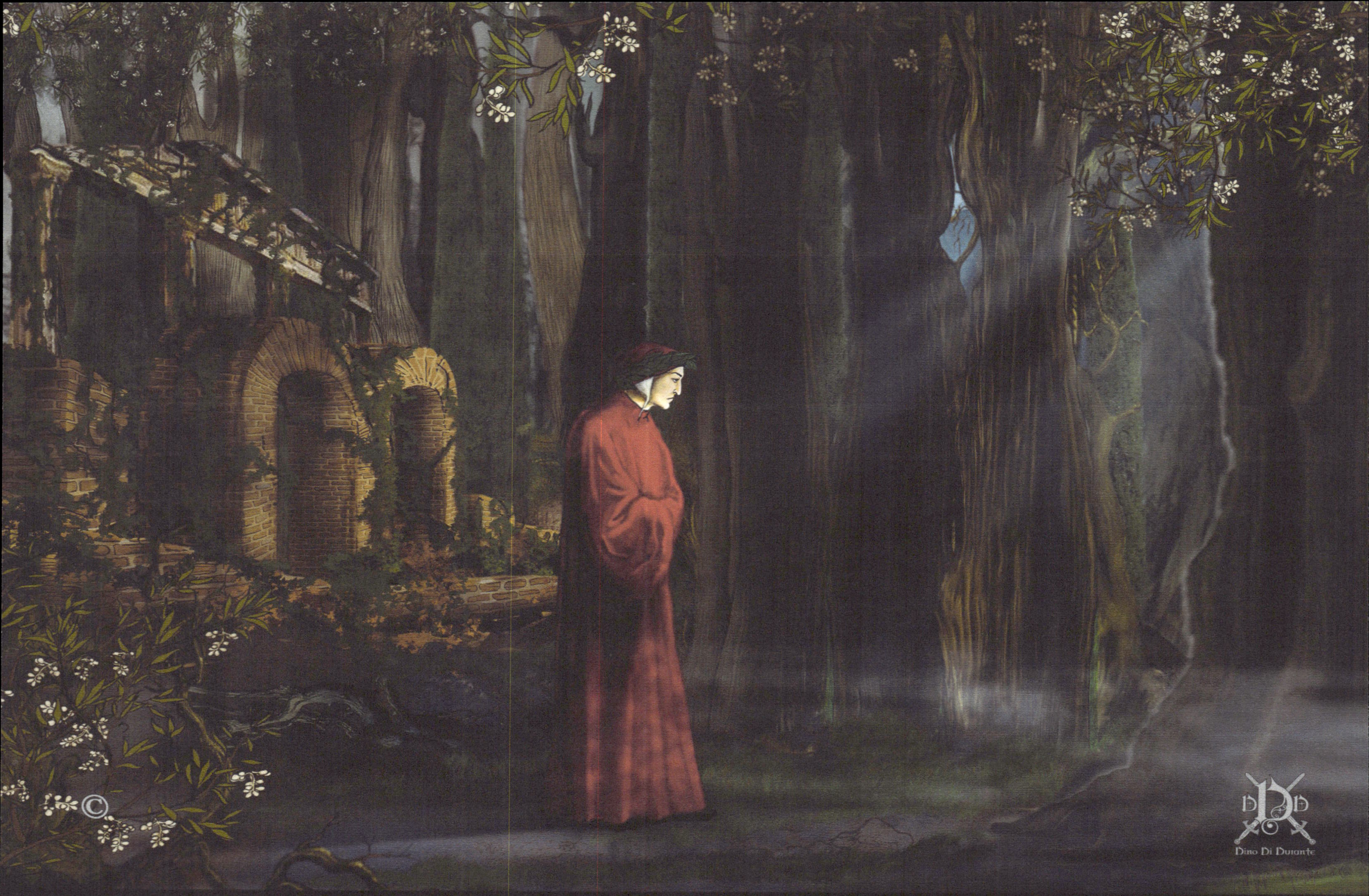


1300 A.C. – Κούμα, Ιταλία

Ο Δάντης βρίσκει εκ νέου τον εαυτό του αφού έχει χαθεί σε ένα σκοτεινό δάσος

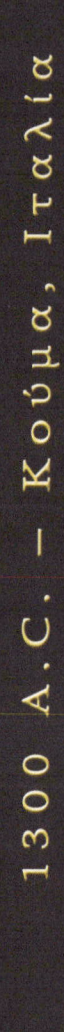

Το Πρώτο Άγριο Θηρίο

Το μονοπάτι του Δάντη μπλοκάρεται από ένα Αιλουροειδές

Το Δεύτερο Άγριο Θηρίο
Το μονοπάτι του Δάντη μπλοκάρεται από ένα Λιοντάρι

Το Τρίτο Άγριο Θηρίο

Το μονοπάτι του Δάντη μπλοκάρεται από μια Λύκαινα

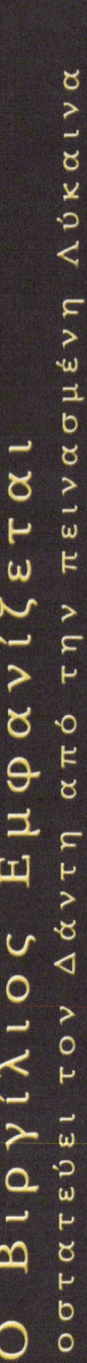

Ο Βιργίλιος Εμφανίζεται

Ο Βιργίλιος προστατεύει τον Δάντη από την πεινασμένη Λύκαινα

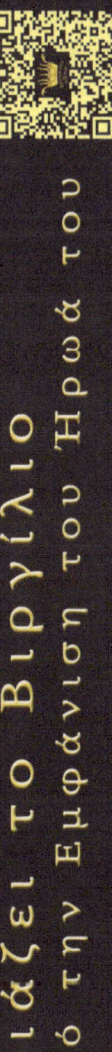

Ο Δάντης αγκαλιάζει το Βιργίλιο

Ο Δάντης μένει Έκπληκτος από την Εμφάνιση του Ηρωά του

Η Βεατρίκη Κατεβαίνει από τον Παράδεισο στη Λήθη
Ο Βιργίλιος παρακολουθεί με Εκπληξη

Η Βεατρίκη υλοποιείται εν μέρει στη Λήθη

Ο Βιργίλιος Υποκλίνεται στην Βεατρίκη

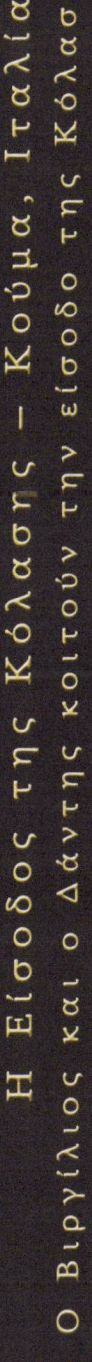
Η Είσοδος της Κόλασης – Κούμα, Ιταλία
Ο Βιργίλιος και ο Δάντης κοιτούν την είσοδο της Κόλασης κάτω

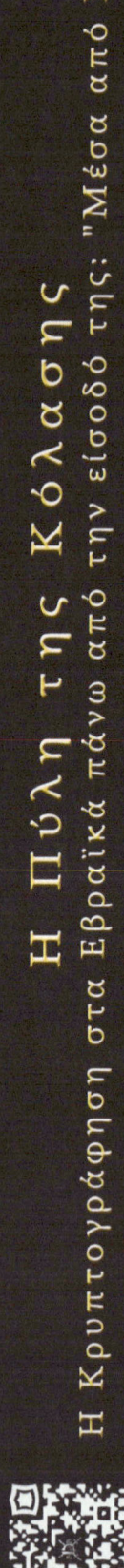

Η Πύλη της Κόλασης

Η Κρυπτογράφηση στα Εβραϊκά πάνω από την είσοδό της: "Μέσα από Εμένα ..."

Το Σπήλαιο στην Κόλαση

Ο Δάντης και ο Βιργίλιος προχωρούν προς την πόλη του πόνου

Πανοραμική Άποψη της Κόλασης

Ο Δάντης και ο Βιργίλιος μπαίνουν στην Κόλαση και Αντιμετωπίζουν τους 9 Κύκλους του μαρτυρίου

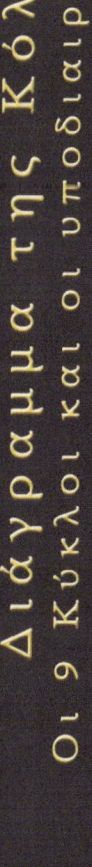

Διάγραμμα της Κόλασης
Οι 9 Κύκλοι και οι υποδιαιρέσεις τους

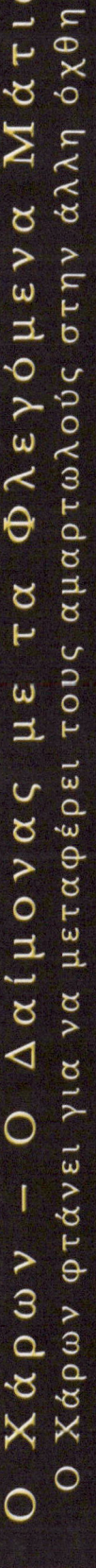

Ο Χάρων – Ο Δαίμονας με τα Φλεγόμενα Μάτια
Ο Χάρων φτάνει για να μεταφέρει τους αμαρτωλούς στην άλλη όχθη

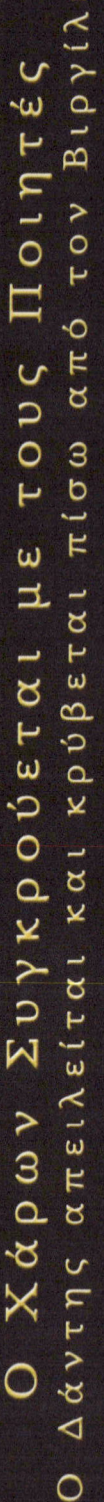

Ο Χάρων Συγκρούεται με τους Ποιητές

Ο Δάντης απειλείται και κρύβεται πίσω από τον Βιργίλιο

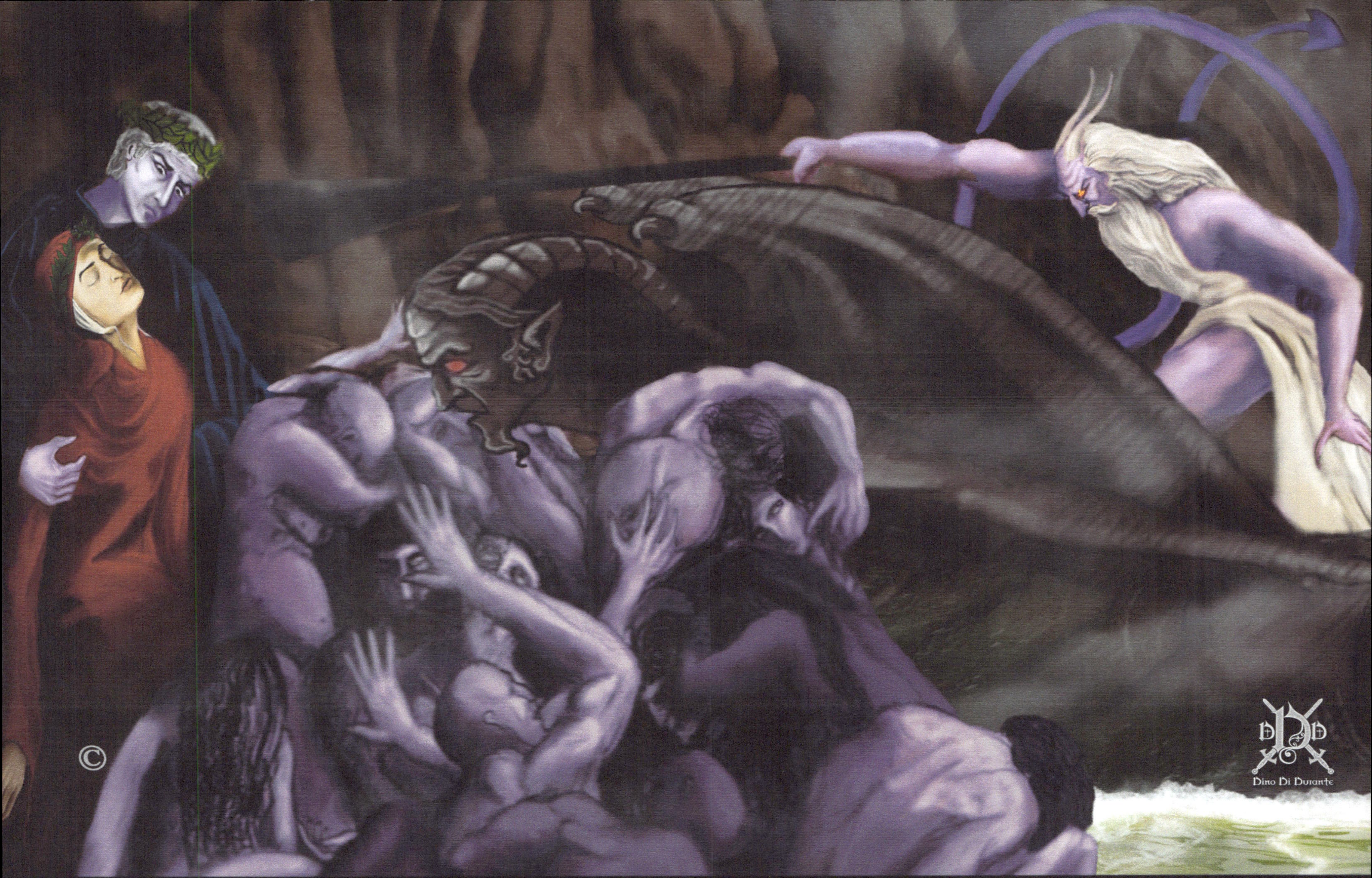


Ο Δάντης Λιποθυμά

Ο Χάρων χτυπά τους αμαρτωλούς και ο Δάντης δεν αντέχει να βλέπει τον πόνο του

Ο Δάντης Πέφτει Κάτω

Είναι περικυκλωμένους από τους αμαρτωλούς και τον βοηθά ο Βιργίλιος

Κατά Μήκος του Ποταμού Αχέροντα

Ο Χάρων μεταφέρει τους αμαρτωλούς με τον Δάντη και τον Βιργίλιο

1ος Κύκλος - Λήθη

Dino Di Durante

Ο Δάντης και ο Βιργίλιος φτάνουν στο κάστρο με τους επτά τοίχους

Η Μεγάλη Συνοδεία

Ο Δάντης και ο Βιργίλιος μπαίνουν στο Κάστρο με τον Όμηρο και άλλους ποιητές

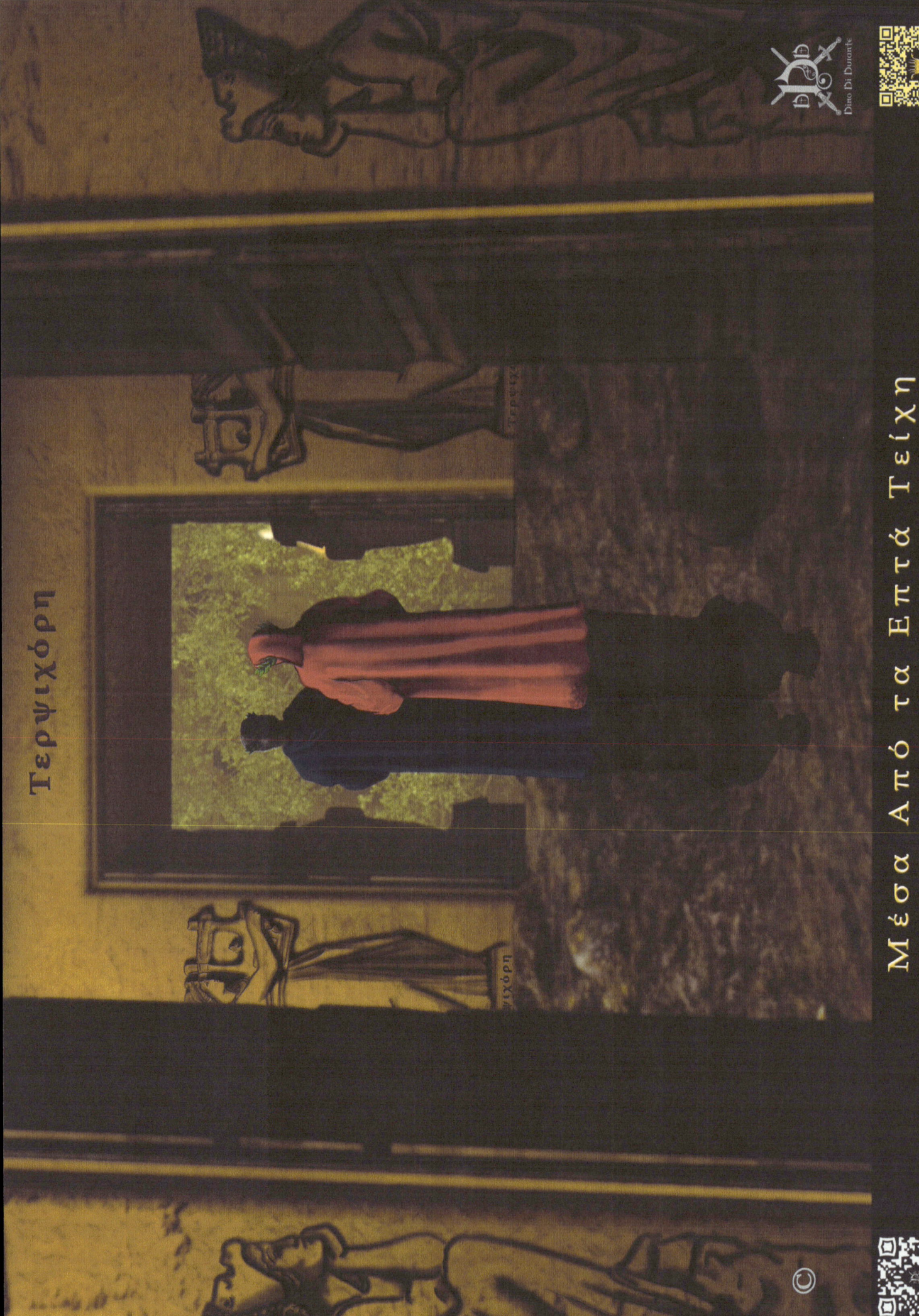

Τερψιχόρη

Οι Μεγάλες Ψυχές στη Λήθη

Ο Δάντης και ο Βιργίλιος συναντούν τον Σωκράτη, τον Ιούλιο Καίσαρα, τον Αριστοτέλη...

Ο Κατακτητής

Ο μεγάλος διοικητής που έδωσε χάρη στους ηττημένους Σταυροφόρους

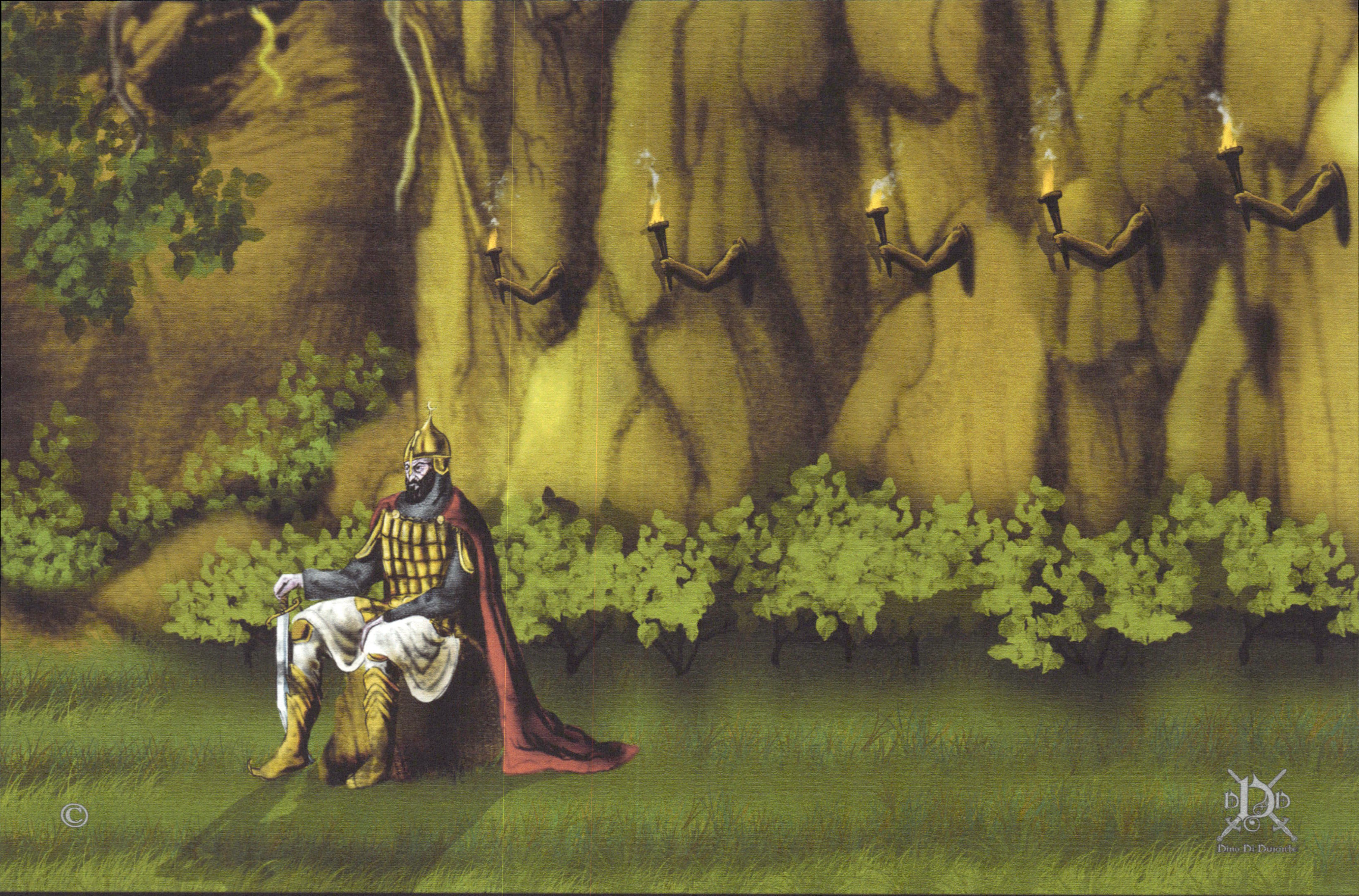

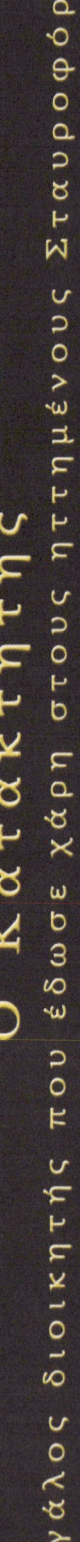

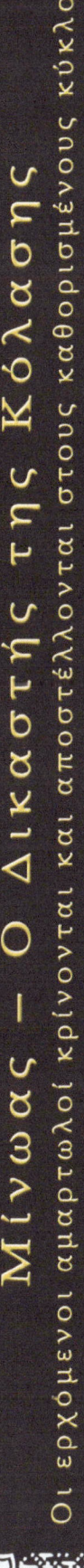

Μίνωας – Ο Δικαστής της Κόλασης
Οι ερχόμενοι αμαρτωλοί κρίνονται και αποστέλλονται στους καθορισμένους κύκλους

2ος Κύκλος – Οι Φιλήδονοι
Κλεοπάτρα και Μάρκος Αντώνιος

2ος Κύκλος – Οι Φιλήδονοι
Ο Δάντης λιποθυμά πριν τον Πάολο και τη Φραντσέσκα

3ος Κύκλος – Οι Λαίμαργοι

Ο Βιργίλιος ρίχνει λάσπη στον Κέρβερο για να τον ηρεμήσει

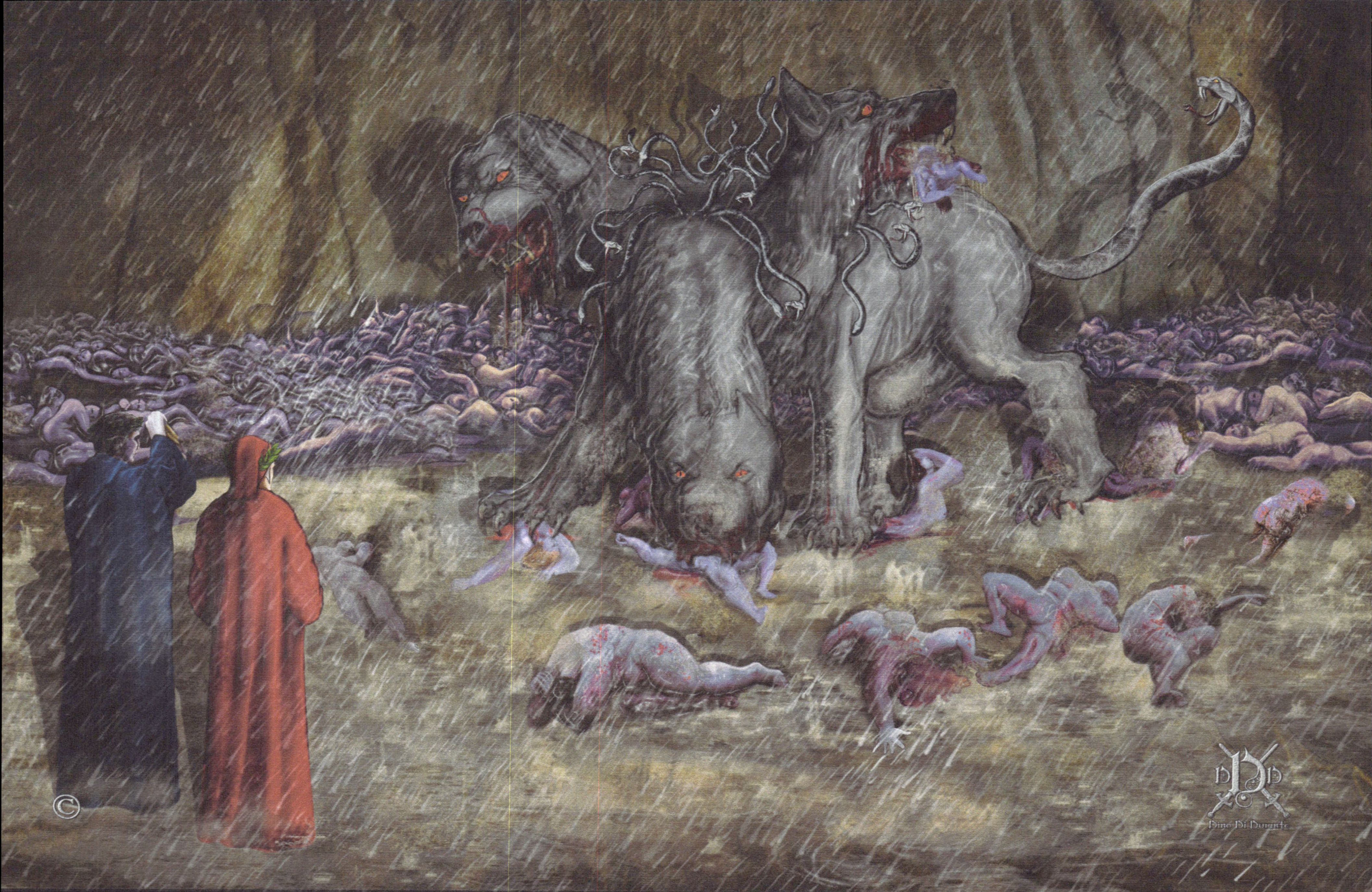

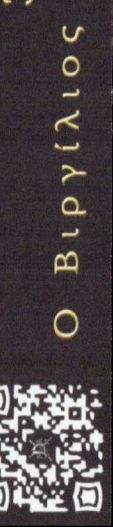

4ος Κύκλος — Ο Φύλακας

Ο Πλούτος οργισμένος φωνάζει "Pape Satan, Pape Satan Aleppe!"

5° Cerchio – Gli Iracondi e gli Accidiosi
Flegias traghetta Dante e Virgilio attraverso il fiume Stige

Τρεις Ερινύες εμφανίζονται πάνω στον τοίχο των κατώτερων κύκλων
Απειλούν ότι θα φωνάξουν τη Μέδουσα και ο Βιργίλιος καλύπτει τα μάτια του Δάντη

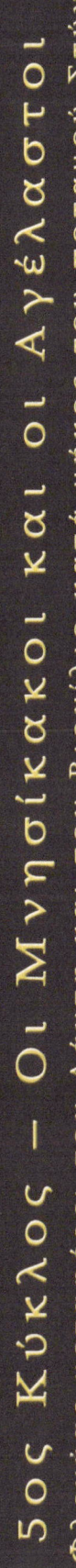

5ος Κύκλος — Οι Μνησίκακοι και οι Αγέλαστοι
Ο Φλεγύας μεταφέρει τον Δάντη και τον Βιργίλιο κατά μήκος του ποταμού Στύγα

Ο Αγγελιοφόρος του Θεού Εμφανίζεται

Κινείται πάνω από τον ποταμό Στύγα προς την είσοδο της πόλης Dis

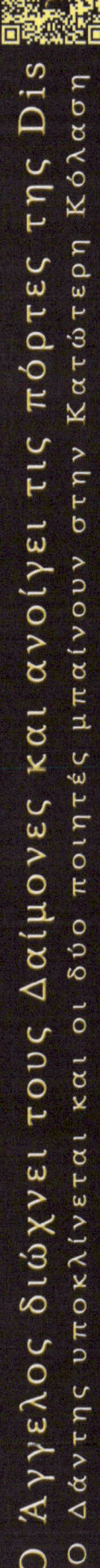

Ο Άγγελος διώχνει τους Δαίμονες και ανοίγει τις πόρτες της Dis

Ο Δάντης υποκλίνεται και οι δύο ποιητές μπαίνουν στην Κατώτερη Κόλαση

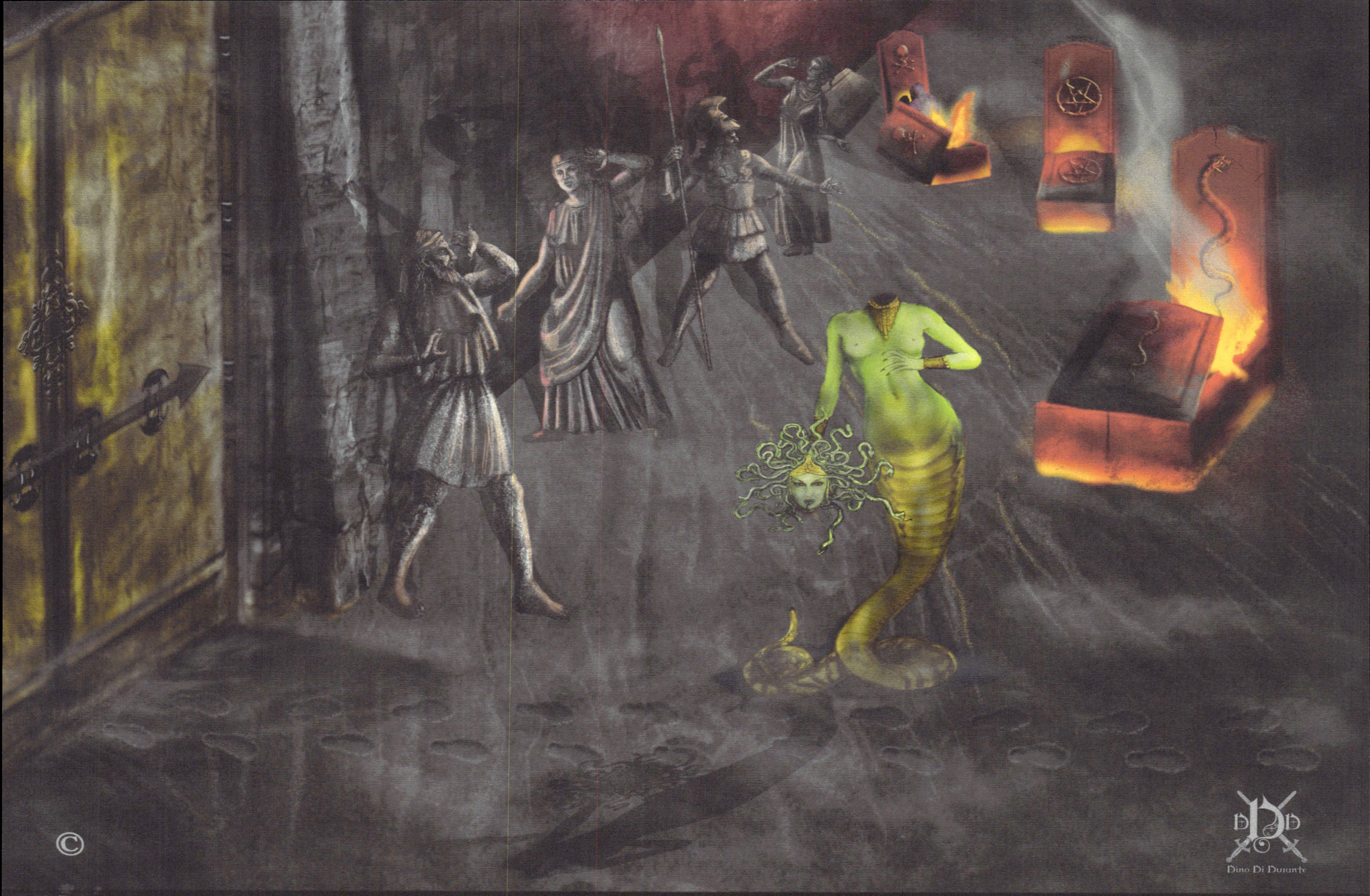


Η Μέδουσα και τα τελευταία θύματά της

Τα απολιθωμένα σώματα του Πολυδέκτη και των ευγενών του

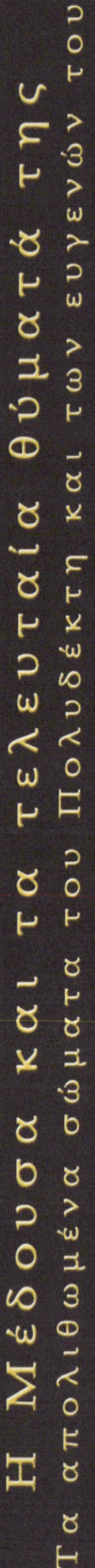

6ος Κύκλος – Οι Αιρετικοί
Ο Δάντης μιλά με τους Farinata και Cavalcanti

7ος Κύκλος – Ο Φύλακας των Βίαιων
Ο Μινώταυρος απειλεί τον Δάντη καθώς κατεβαίνουν προς το βάραθρο

Ο Δάντης και ο Βιργίλιος κατεβαίνουν και καλύπτονται από τον Χείρωνα και τον Νέσσο

7ος Κύκλος: 2η Ομάδα – Οι Αυτόχειρες και οι Βίαιοι απέναντι στον εαυτό τους
Ο Δάντης σπάζει ένα κλαδί και ο Pier delle Vigne αιμορραγεί.

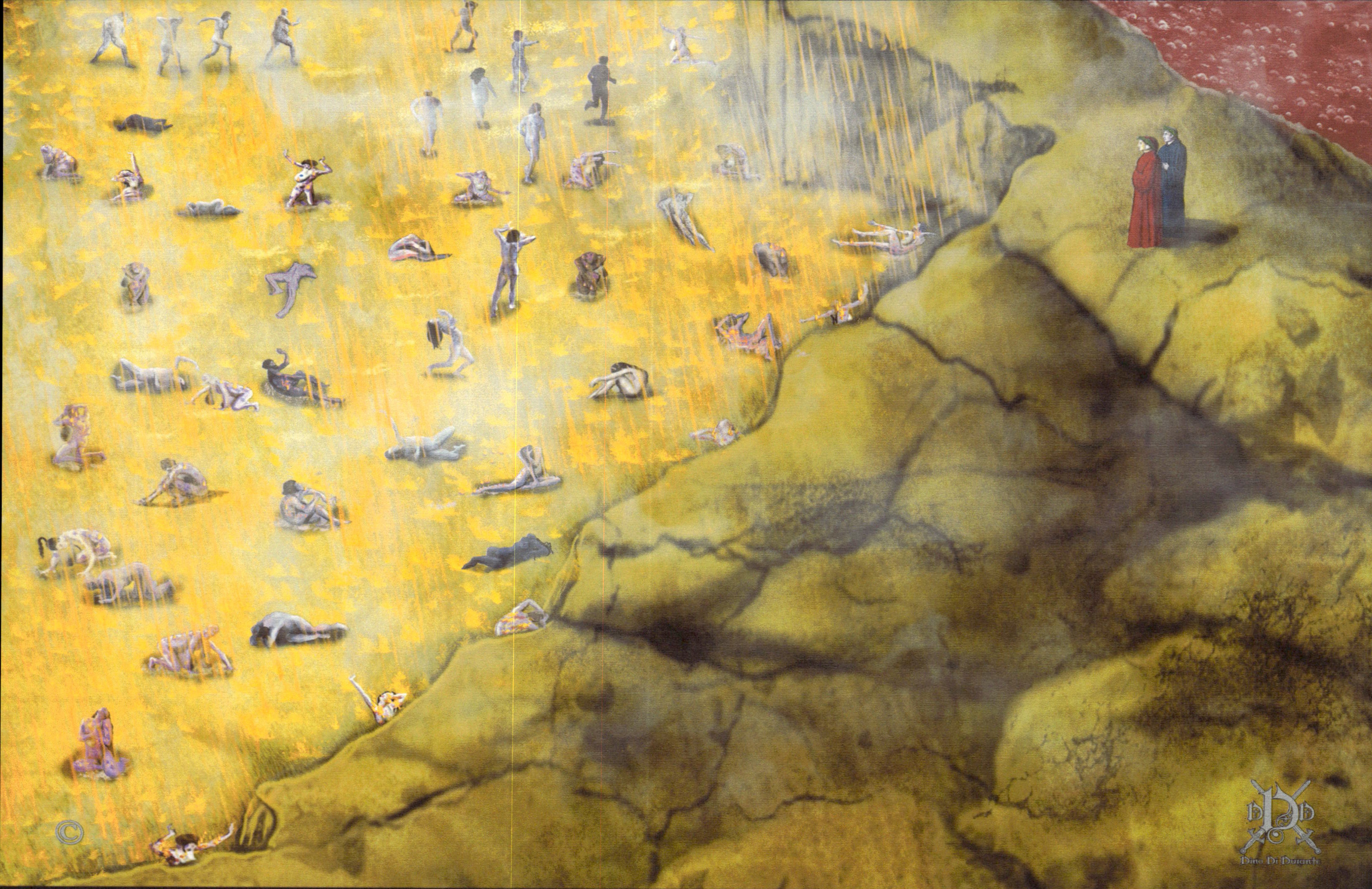

3η Ομάδα – Οι Βίαιοι Κάτω Από Την Πύρινη Βροχή

Οι Βλάσφημοι, Οι Σοδομίτες και Οι Τοκογλύφοι

Ο Γκρεμός

Ο Βιργίλιος κάνει σήμα στον Γηρυόνη ρίχνοντας το σχοινί του Δάντη πάνω από την άκρη

Ο Γηρυόνης Φτάνει

Ο Δάντης και ο Βιργίλιος ανεβαίνουν στην πλάτη του Γηρυόνη και κατεβαίνουν στον Όγδοο Κύκλο

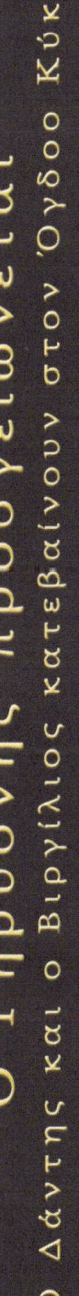

Ο Γηρυόνης προσγειώνεται

Ο Δάντης και ο Βιργίλιος κατεβαίνουν στον Όγδοο Κύκλο

Ο 8ος Κύκλος: Malebolge, και ο 9ος Κύκλος παρακάτω

8ος Κύκλος, Malebolge, Οι Απατεώνες- Χάσμα 1
Αποπλανητές μαστιγώνονται από τους Δαίμονες

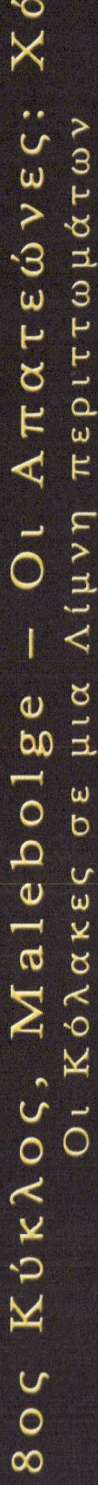

8ος Κύκλος, Malebolge – Οι Απατεώνες: Χάσμα 2
Οι Κόλακες σε μια Λίμνη περιττωμάτων

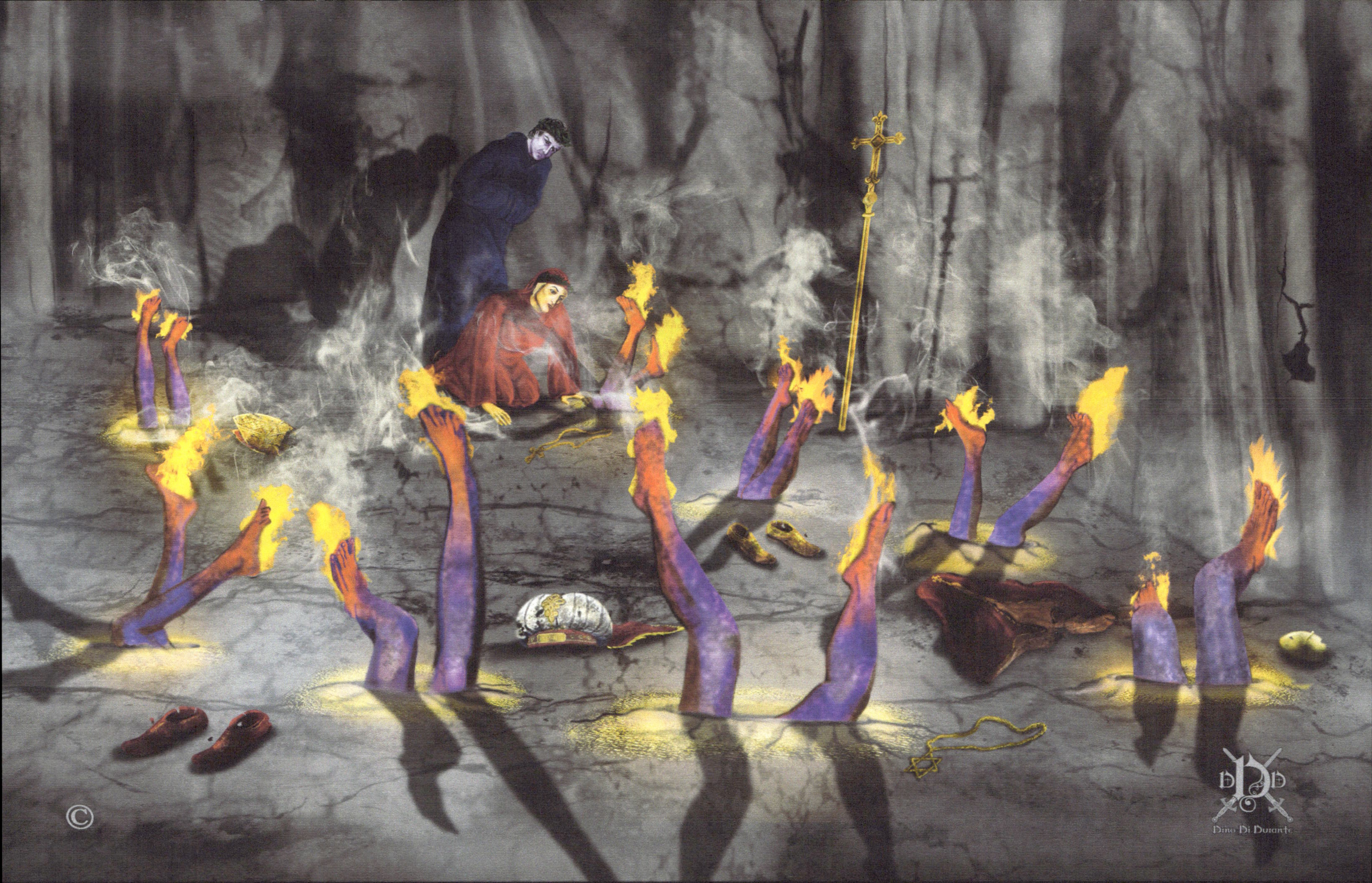


8ος Κύκλος, Malebolge, Οι Απατεώνες- Χάσμα 3

Οι Σιμωνιακοί είναι κρεμασμένοι ανάποδα σε λάκκους και φωτιές στα πόδια

8ος Κύκλος, Malebolge, Οι Απατεώνες– Χάσμα 4
Οι Μάγοι, Οι Αστρολόγοι, και οι Ψευδοπροφήτες

**8ος Κύκλος, Malebolge, Οι Απατεώνες- Χάσμα 5**

Οι Διεφθαρμένοι Πολιτικοί: Διεφθαρμένοι Πολιτικοί σε μια Λίμνη Κοχλάζουσας Πίσσας

Dino Di Durante

8ος Κύκλος, Malebolge, Οι Απατεώνες– Χάσμα 6
Οι Υποκριτές: κάποιοι φορούν κάπες από μόλυβδο, άλλοι έχουν σταυρωθεί

8ος Κύκλος, Malebolge, Οι Απατεώνες– Χάσμα 6

Οι Υποκριτές: Ο Βιργίλιος δείχνει στον Δάντη τη διέξοδο από μια απότομη πέτρα

8ος Κύκλος, Malebolge, Οι Απατεώνες– Χάσμα 7
Οι Κλέφτες μεταμορφώνονται σε φίδια για πάντα

8ος Κύκλος, Malebolge, Οι Απατεώνες- Χάσμα 8

Κακοί Σύμβουλοι: Ο Οδυσσέας, ο Διομήδης και άλλοι καίγονται στη φωτιά

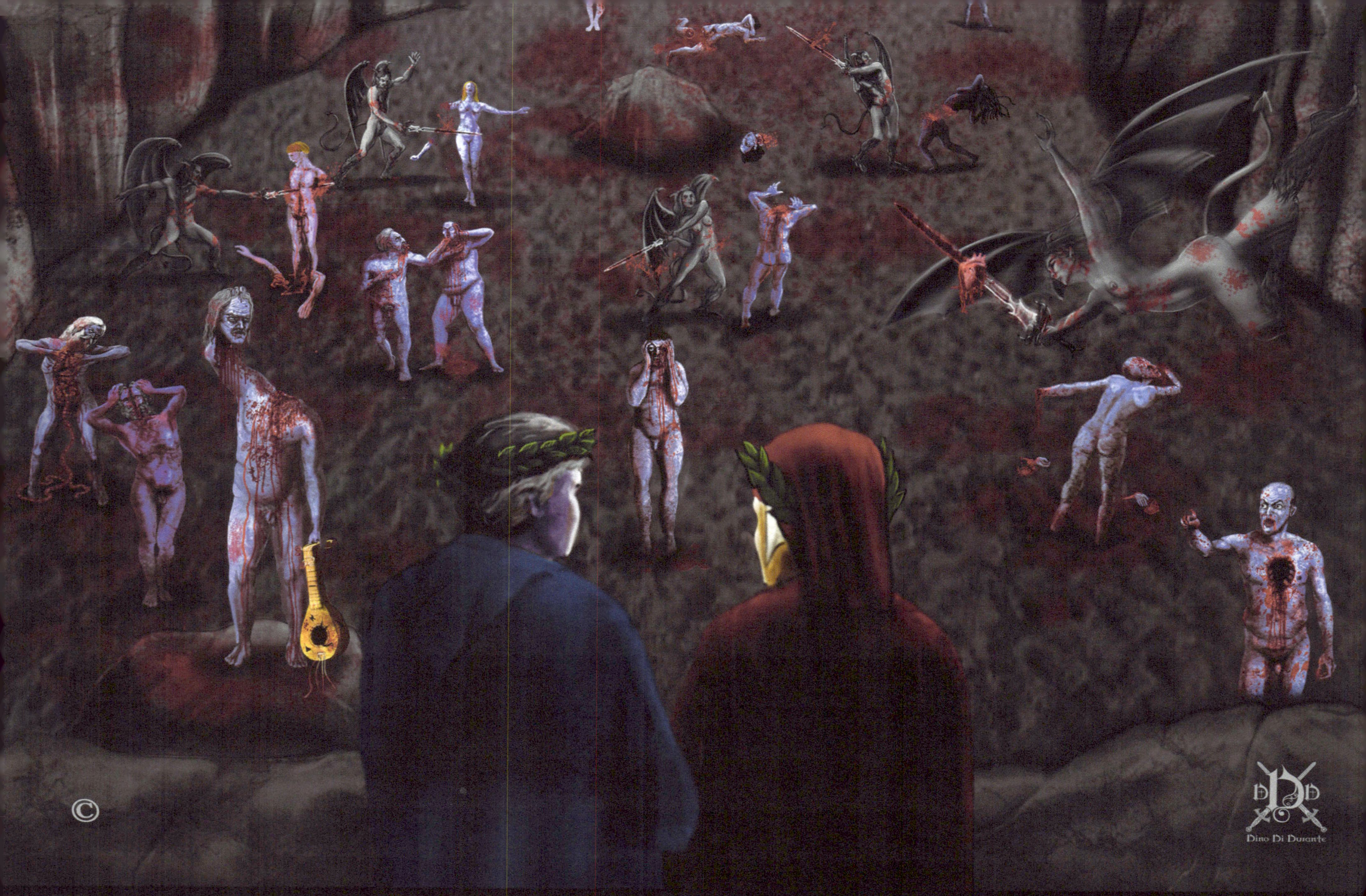


8ος Κύκλος, Malebolge, Οι Απατεώνες- Χάσμα 9
Οι Σπορείς της Έριδος ακρωτηριάζονται από τους Δαίμονες με σπαθιά

8ος Κύκλος, Malebolge, Οι Απατεώνες- Χάσμα 10
Οι Κιβδηλοποιοί: Αλχημιστές, Πλαστογράφοι, Επίορκοι και Απατεώνες

Ο 9ος Κύκλος. Φύλακες
Οι Γίγαντες: Εφιάλτης, Ανταίος και Νεμρώδ

9ος Κύκλος – Οι Προδότες

O Count Ugolino μασά το κεφάλι του Αρχιεπισκόπου Ruggieri

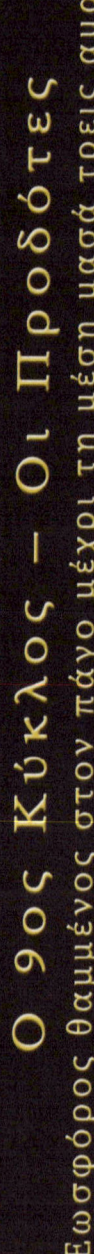

Ο 9ος Κύκλος — Οι Προδότες

Ο Εωσφόρος θαμμένος στον πάγο μέχρι τη μέση μασά τρεις αμαρτωλούς

**9ος Κύκλος – Οι Προδότες**

Ένας Εωσφόρος χωρίς δέρμα μασά τον Ιούδα, τον Βρούτο και τον Κάσσιο

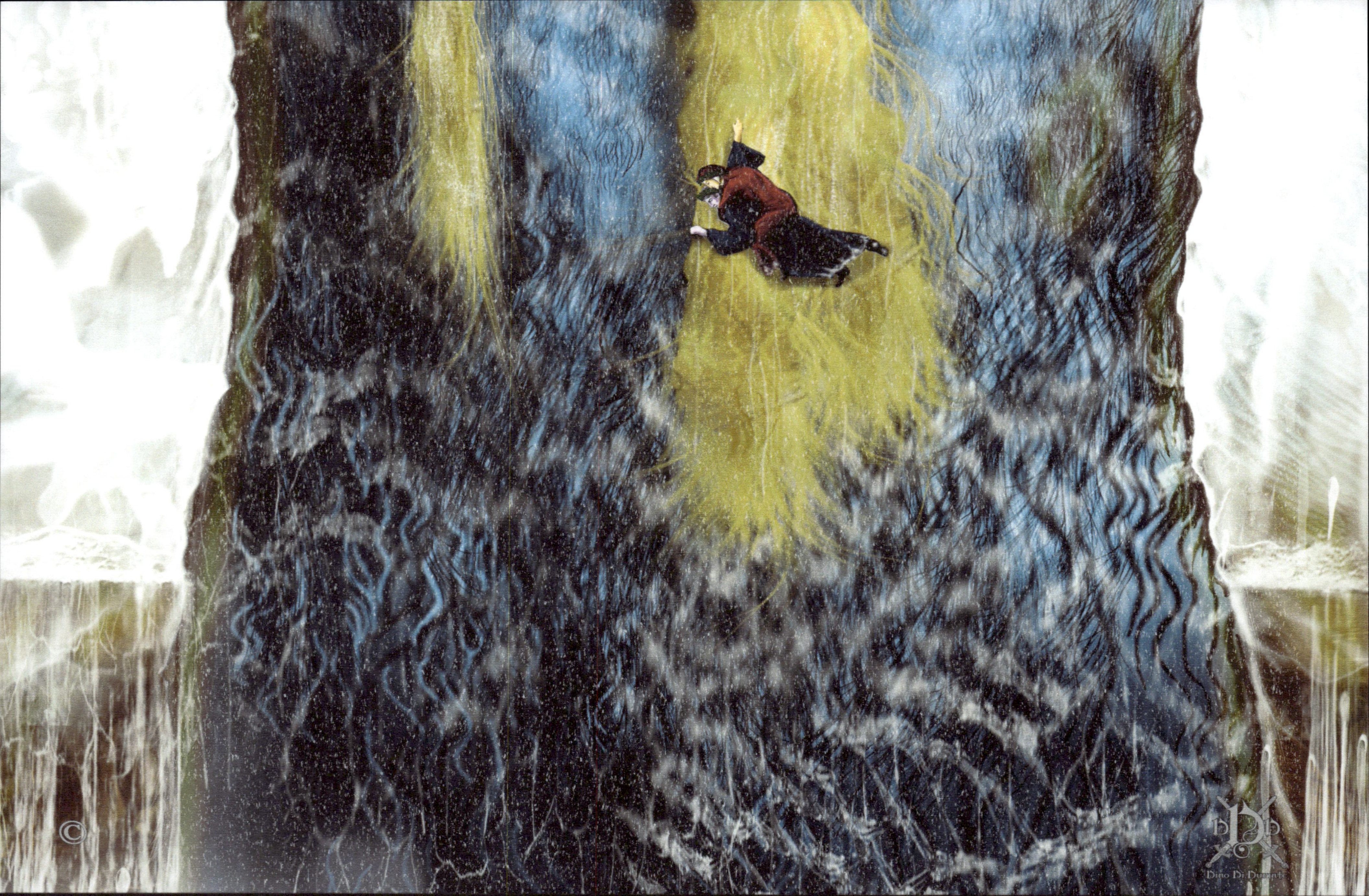


## Η Μεγάλη Απόδραση

Ο Βιργίλιος μεταφέρει τον Δάντη στην πλάτη του, Κάτω και Πάνω από το σώμα του Εωσφόρου

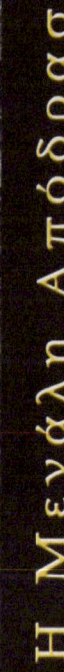

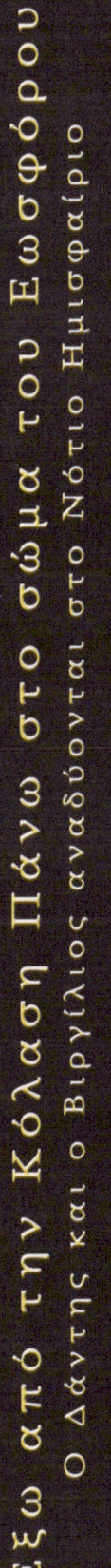

Έξω από την Κόλαση Πάνω στο σώμα του Εωσφόρου
Ο Δάντης και ο Βιργίλιος αναδύονται στο Νότιο Ημισφαίριο

Προς την Έξοδο

Ο Δάντης και ο Βιργίλιος απομακρύνονται από τον Εωσφόρο

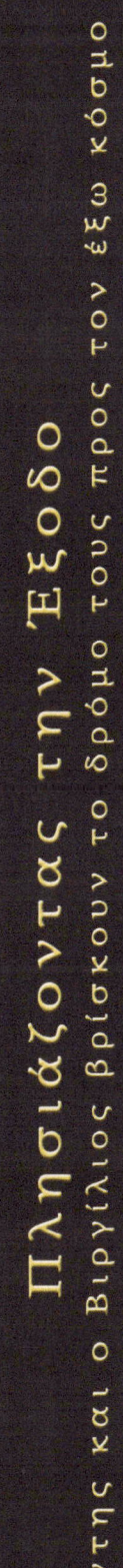

Πλησιάζοντας την Έξοδο

Ο Δάντης και ο Βιργίλιος βρίσκουν το δρόμο τους προς τον έξω κόσμο

Μια Αναλαμπή Φωτός

Οι Ποιητές Παρατηρούν το Φως που έρχεται Μέσα από ένα Άνοιγμα

Ελκυστικό Φως

Ο Δάντης και ο Βιργίλιος ακολουθούν το Φως

Τα Αστέρια

Ο Δάντης και ο Βιργίλιος βγαίνουν καθοδηγούμενοι από το φως των αστεριών

Έξοδος στο Καθαρτήριο

Οι Ποιητές παρατηρούν την Αφροδίτη και τα αστέρια να αντανακλώνται στη θάλασσα

# Ο Ουρανός

Ατενίζοντας το Σταυρό του Νότου και τον Αστερισμό του Ιχθύος

Κολάζ της Κόλασης

Ο Δάντης μεταξύ του Πλούτωνα, του Μίνωα και δύο Αυτόχειρων

Armand Mastroianni
Presents
Dante's Hell Animated
A Film Produced and Directed by Boris Acosta
Artwork by Dino Di Durante
Eric Roberts
Nia Peeples
Vincent Spano
Jeff Conaway
Hélène Cardona
Al Sapienza
Shirly Brener
Rico Simonini
Vanna Bonta
Adrian Paul
www.DantesHellAnimated.com

Armand Mastroianni

presenta

# Inferno Dantesco Animato

## Regia di Boris Acosta

Vittorio GASSMAN
Franco NERO
Vittorio MATTEUCCI
Silvia COLLOCA
Marco BONINI
Cosimo FUSCO

Veronica DE LAURENTIIS
Susanna CAPPELLARO
Arnoldo FOA
Simona CAPARRINI
Mario OPINATO

Sceneggiatore - Dante Alighieri
Adattamento - Dino Di Durante
Produttore - Boris Acosta
Musica - Aldo De Tata e Maria Eolani
www.InfernoDantescoAnimato.com